書肆山田

生駒正朗
春と豚

目次

春と豚

週末には

日曜の夕暮れには
犬を撫でたくなる
庭の窪みに横たわる犬の薄いあばらの中には
温かな内臓が端正に納まっている
肉の配置を確かめたら犬を野に放つ

俺が歩く後先を駆け回ると

草や土の匂いが立った
野の匂いをまとって
牙が伸びている

犬が野の喉深くに誘うので
導かれるままに
森を彷徨い
川の水を飲み
鹿を追う
枯葉の匂い
獣の気配に酔った

美しい
鹿が稜線を登って来る
その後に何が起こったか
澄んだ瞳がむき出しになって
静かに俺を映した
まだ温かい腹を
俺は食い破っていた

森のざわめきが戻るころ
散策から帰るふうを装い
犬に引かれて家路についた

カラシニコフ

雷鳴が遠ざかり
吹き荒れていた風が止んだ
訪れた静けさの中で
ほっとして眠りについていたはずだった
胸が痛い
さっきまでいたあの少年は
どこに行ったのだろうか

暗い夜のことだった。村に銃を持った男たちがやって来て、次次と家々を襲い始めた。父は撃たれ、母と妹弟は連れ去られた。私はその日から、男たちと行動を共にするようになった。少年も少女も銃をあてがわれ、使い方と手入れの仕方を教え込まれた。甘いマリファナ茶を飲まされてから、前線へと送り出された。時折は母や妹たちの顔が浮かんだが、身体は風に乗って、私にそっくりの少女兵たちとともに夢中で銃の引き金を引いていた。気づくと、いつもの連中と一緒だった。戦闘は終わったらしかった。ほっとしたが、心は銃の重たさとその衝撃でいつまでも痺れたままだった。その後、私は銃を手にして村々を襲い、かつて自分を襲った男たちがしたように、抵抗する男たちを撃ち、食糧を奪い、子どもたちを兵士にした。連鎖の目的は遂に誰の口からも語られることはなかった。一片の政治談義さえ聞いたことはなかった。戦争さえあれば食にありつけると、かつて誰かが言っていたのを思い出す。あれは誰の言葉だったのだろうか。私の家族の誰かだったような気もするが、どうしても思い出せない。さっきの戦いでも、風に乗って銃を撃つ少女がいた。無敵の少女。だが今は胸を撃たれ、じっとして動かない。敵の少年がいるのが見える。銃を下げてゆっくりと近づいてくる。次に撃たれるのは私だ。

胸が痛む
撃たれて動けない
銃はどこ

いつも銃はどこからともなくやって来て
事欠くことなどなかったのに
外はまた強い嵐になっていた

航跡

夏の間中何かを探してさまよっていた
俺自身もよくわからない何か
遠くの町の酒場をめぐり
聞いたこともない酒を流し込む
たくさんの言葉が降ってきたが
生まれては流れ去るものを
全然すくい取れない

途方に暮れて夜道を歩くと
暗闇の中に鋭い刃《やいば》が隠れているのを肌身に感じた
青白い光を宿した刃が翻る時
俺は一瞬にして最期の夢を見るはずだったが
闇の中で自分の生き死にさえもわからなくなっていた

そしてある夜
俺は川の流れに釣り糸を垂れていた
水の流れを音以外に確認する術がないほどの闇の中
釣り針が引っかけた何ものかを強引に引っ張り
川の流れから抜き取ろうとすると

そいつは激しく暴れ出した
そいつの生への執着を竿先に感じた時
おそらく　そいつも俺の生への執着を感じ取ったはずだ
そして
そいつは俺を　俺はそいつを引っこ抜こうともがいたが
引っこ抜かれたのは俺だった
俺は自らの生をこんなに感じたことはなかった
死に突き進みながらこんなにも

再会

夏の終わるのを待って
私は彼女に手紙を書いた

八月の言葉は熱く
身体は軽い
火照った言葉を冷やすのが
私の夏の務めだった

田舎の駅で
電車を降り
田中のでこぼこ道を
ひたすら歩いた
道のずっと先が
鏡のように光って
ゆらゆらとしていた
くたびれた身体は
もちろん
石につまずいて転んだり
深い轍にはまったりした

そうして
くたくたになって
重くなった身体を
白い紙の前に置いた

ごきげんよう
今朝
セミの羽化を見たんだ
さなぎの背が割れて
ゆっくりと
真っ白いセミが出てきた

さなぎの痛みを感じ
私には
夏が終わるのがわかった

箱

その男は子供の頃から箱を開けるということの楽しみを幾度となく味わっていた。それなくては一日が終わらないと言ってもいい。箱といったがそれは箱でなくてももちろんよかった。中身が分からない袋でもいっこうに差し支えなかったのである。男にとって箱を開けるとは中に何かが入っているという不確定が確定した事実になる感激を味わう、このうえもない機会であった。男はその意味を十分すぎるくらいに分かっていたので、外から中身が容易にうかがい知れる箱を心から嫌悪した。男は

郵　便　は　が　き

〒171-0022

東京都豊島区南池袋2-8-5-301

書　肆　山　田　行

常々小社刊行書籍を御購読御注文いただき有難う存じます。御面倒でも下記に御記入の上、御投函下さい。御連絡等使わせていただきます。

書名

御感想・御希望

御名前

御住所

御職業・御年齢

御買上書店名

いつからか、自らが箱に入らなければならない事態に陥った。一旦、今までの自分から離脱し、自分ではない何者かとして漂っていたい思いにとらわれたからである。何者かになれることを望んだのではなく、誰でもない誰かとして宙ぶらりんになることを強く望んだのだった。男は、箱を梱包する人を雇い、自らが箱の中身になる。箱が閉じられると男はその男ではなくなり、誰でもない何者かになる。そして、誰かが開けてくれるまで何者かのまま、どこかを漂っている。上も下も、左右も前後もないところを何者かとして漂う。誰かが箱を開けてくれると、そこで今までの自分に戻る。つまり、その男であることが確定するのだ。それは男が生きていくうえで欠くことのできない行為となった。しかし、自分で箱に入って幾度目かに、男は帰らぬ人となった。どこかを漂っていたのか。箱が開いてももとに戻ることはなかったのか。では何者になったのか。男は誰が見ても以前の男であったが、その男にとっては、少なくとも、今までの自分ではないのだった。その男は折を見ては箱に入る。そして、宙ぶらりんで漂っては、それまでの男とは違う何者かになる。もとの自分を捜し求めるように。

黒い繭

その男は物書きだった。仕事が来れば、寝ても覚めても文章のことを考え、推敲に明け暮れていた。本当に夢の中でも推敲していたのだ。そのせいで彼はどんな注文にも応える物書きとして重宝がられていた。しかし、依頼が増え文章に十分手をかけられなくなると、困ったことがおこった。頭の中に浮かんでは消えて行く多くの言葉が、縮れた髪の毛のようになって彼に降りかかった。遠くから見ると黒い雨雲がまとわりついているように見える。寝ている時に脳裏に積もったそれが目や耳から溢れた。眠ったかと思うとそれらが降りかかっては目覚め、目や耳から溢れてはまた眠った。ところが、それは彼にとって縮れ毛以上のものではなかったので、やがてそのことに慣れっこになった。自宅では強張った糸くずのような、未だ言葉として定着できない物体を体のそこここにくっつけながら生活していた。やがて、来客があっても、いちいちそれらを取ることがなくなったので、縮れ毛状の言葉が巨大な繭となって彼を覆い、彼はその中で一層、人目を気にすることなく文章を書きまくるようになった。やむをえない時にだけ繭から出てくるが、それ以外は繭に籠もりっぱなしだった。あまりにも文章の依頼が多かったのでそうせざるをえなかったのだ。彼はその後も黒い繭の中で旺盛な創作を続けた。黒い繭はいつしか彼の家をも覆い尽くした。そして、不幸は突然訪れた。黒い繭が自らの重みに耐えられず、崩壊したのだ。その時、彼がいつもと変わらず黒い繭の中で執筆を続けていたことはもちろんのことである。すなわち、その男は繭の崩壊により圧死したのだった。

部屋

旅から戻ると部屋はがらんどうだった。ものがなくなって狭い部屋の本当の狭さが迫ってくる。あったものたちの気配が残っていたが、今、その気配だけでは、狭さを増してくる部屋は支えきれない。急いで街に出て部屋に運び入れるものを手当たり次第に探した。公園の暗がりを走り抜ける。人の気配を避けようとしたが、人の気配が迫ってきて、逆にぶつかってしまった。闇の中に女の気配が乱れて漂っていた。暗がりを探って女の身体を探した。部屋はもう閉じかかっていたが、女の身体を運び入れ、自分の身体をねじ込むと、放射状に広がった女の髪に従って部屋が立ち上がった。しばらくすると窓もできる。月の晩には光も差し込むだろう。あと何かを持ってくればすっかり新しい部屋ができる。また街に出て、当てもなく歩き回っている。部屋はまだ不安定で潮位が変化するように収縮を繰り返していた。

騒ぐ水

たまにはわたしにも楽しませてよ
女の求めに応じて
湯船に沈む青白い体に
そっと身を預ける
すぐにいたずら好きの指が動き出す
ちょっと待って
おれはくすぐられるのは嫌いだからな
わかってるわよ

でもこうされるのは好きでしょ
細い指が体の前後からやってきた
湯の中で弛みきったところを
いち早く握り
一方では
湯の中を漂っていたものを
さっとつかまえた
指の意志に身をまかせていると
体のどこかに隠れていた水が
急に現れて体の中心に集まり出す
水が騒いでいる

遠浅の海岸で貝を掘っていた
砂を掘るとすぐに潮が浸み出してきたが
貝は次から次へと見つかった
夢中で掘り続けるうちに
静かに静かに潮は満ち
たちまち沖に取り残されてしまった
脅威が迫ってくるにつれ
体の中に隠れていた水が現れはじめる
水が騒ぎだして出口を探していた
その後も潮が満ちてくる中で
ただこわばって立っていた

どう　気持ちいい
ちょっと待って
ちょうど今
潮干狩りに行ったときのことを思い出したんだ
潮が満ちてくるのに気づかないで
ずっと沖の方に取り残された
今思えば　あの時
内股の緊張をこらえていた
波にさらわれそうになりながら
なるようになれと思った
大きな波に飲まれもがきながら
体の半分は苦しみ
もう半分は奇妙な緊張に高ぶっていた

あの時と同じだ
後ろからもっと強く引いてよ

自転車に乗って

自転車に三人乗りで家を出た。秋空が胸の中に入り込む。突然、視野の外からオレンジ色のセスナ機が音もなく飛び込んできて、既に着陸態勢に入っている。いったいどこに降りるのだろう、と考える間もなく子どもたちにせかされてペダルを踏んだ。林の上に相変わらず低空飛行のセスナ機が見える。他にも道を急ぐ子どもたちがいる。同じく子どもを乗せて息を切らしている男に聞くと、今日は…、駅前広場に…、手品師が来てるって聞いたけど…、と言った。まさかと思い、ペダルをこいだ。学校の裏の川原だ、と言う少年たちの声に導かれ、坂を下った。林を抜けて川に近づくと、どうしたことか、セスナ機が見えない。川原は自転車の子どもたちであふれている。セスナ機が姿を消したので子どもたちは帰ろうとして引き返すが、坂を上りきれずに戻ってきた。坂に押し戻されて橋のたもとにかたまっている。その時、セスナ機が川の中で躍った。自転車の子供らは一斉に川に飛び込んでいった。私は呆然と見ていた。見ているだけだった。気づくと私の子どもたちも自転車を降りて、橋の欄干によじ登っていた。声をかける間もなかった。あたりは一瞬にして静まりかえった。ほどなくして我に返り、手品師の壮大な演出に感心しながら、軽くなったペダルをこいで坂を上った。

春と豚

春風にあおられて
耳がはためいていた
娘の求めに応じてトラックと併走する
荷台の豚は右往左往していたが
柵にもたれかかって
黄昏れているやつがいる
ブタの耳って大きいんだね
大きな耳はいつまでもはためいていた

春風に波長が合って
ぱたぱたぱたぱた
娘はそれをじっと見ていたが
それきり
何も言わなくなった

窓越しに豚の赤い眼が見えた時
私も
泣きそうになるのをこらえ
トラックを追い越した
やがてトラックは
バックミラーの中に姿を消した

車が鏡の中に吸い込まれてゆくのは
いつも見慣れた風景だが
単なる視野の問題を　それは
超越していた

車線の流れに乗って消え去ってゆくトラック
荷台で風になびく耳だけが
最後まで　ぱたぱたぱたぱた

お帰りなさい

私が家に帰る頃には
子どもたちはすっかり寝る準備をして
のんびりとテレビを見たりゲームをしたり
そこに
ただいま
と帰ると
娘ら三人が
お帰りなさい

と声を掛ける

最近　出迎えはないのである

でもたまに
早く帰って子どもたちを待っていると
小学生の末っ子が一番に帰ってくる
私の顔を見ると
お帰りなさい
じゃなかった　ただいまだ
とまちがえるのである

ぶらさがる

娘が、まだ子どもだった頃、奇癖を持っていた。何かにしがみつきぶらさがる。あるときはカーテン、階段の手すり、またあるときは洋服簞笥のハンガー、二段ベッドの支柱、壁掛けの扇風機。軽々とぶらさがる。重力に逆らい、ひとしきり耐えている。やがて忍耐の限界が訪れ、絞り出すような声もろとも、手を離して転げ落ちる。子どもはぶらさがるためだけに生きている。何かを探し出し、ぶらさがるためにぶらさがる。やがて子どもたちは家の外に出てぶらさがるようになった。庭師が据えた脚立、自家用車のバックミラー、電線。そして、人の耳朶。風呂上がりの私のふぐりにまでぶらさがる。しまいには私の欲望や憂鬱にまで。何という軽やかさ。執拗さ。力強さ。辟易した私は、昔、親父が作ってくれた鉄棒をしばらくぶりにしつらえた。親父があけた納屋の柱の穴に、鉄棒を押し込む。私は娘たちを鉄棒まで誘導しぶらさがらせた。思惑通りだった。しかし、告白しなければなるまい。娘たちの奇癖が私に伝染ってしまったのを。それからは子どもと競争だった。私も子どももがぶらさがったたいていのものにぶらさがった。子どもも競って私にできないものを探した。ある時、娘は道で屍肉をついばんでいたカラスをつかまえた。もちろんぶらさがるためだ。暴れるカラスを助けようと仲間がやってくるのをねらって。カラスの脚にぶらさがった。と思ったがたくさんのカラスに連れ去られるようにして遠ざかっていった。黒い点のようになって見えなくなるまで娘はカラスの脚をつかんで耐えていた。その後のことは私も知らない。

冬虫／夏草

（梅雨時の森は天の水を吸い尽くし
まがまがしい生命力に満ちていた）

ほら　これがセミタケ
これはセミの幼虫から生えるキノコなんだ
このキノコはセミにもなるの？
冬はセミになり　夏はキノコになる

と昔の人は考えたけど
本当はセミの幼虫はもう死んでいて
ゆっくりゆっくり
セミタケに食べられているんだよ
生き物には一つきりの生き方しかないんだ
（と言ってしまっていいのだろうか）
人間もこうなるの？
さあ　人間も同じかもしれないなあ
父さんが死んだらこの森に運んできて
キノコが生えるか時々見に来るといい
そうじゃない
本当に一つきりの生き方しかないの？
（泣いてるのか）

（でも　その涙には覚えがある）

生まれる前だったかもしれない
森の中をずっと歩いていた
分かれ道に出くわすたびに
一本の道だけを選んで歩き続けた
過ぎ去った道が徐々に消えていく悲しさを
次々と現れる岐路に立ちつくす不安を
いつ　どこに置いてきたのだろう
そう　人間も同じ
消えてしまったものの代わりを得ても
だから　泣かずにいられなかったんだ

湿原で

五月の沼ッ原湿原には
まだ冬が居座っていた
白い息を吐きながら
娘が言う
あれ
緩い流れに乗って
ふわふわ漂ってるやつ
私に似てるね

産卵に出てきたサンショウウオは
みんな集まって緊張気味なのに
一匹だけが違う
懐中電灯に照らし出された
サンショウウオを見ながら
何を思い巡らしているのか
娘は木道にうつ伏せになって
いつまでも漂っている

私　剣道嫌い
大きい声を出すと
意識が飛ぶんだ

自分の身体から
一瞬自分が抜けるようなんだ

それに
いろんなことで
私　みんなとちょっと違ってる

あのサンショウウオはまだ漂っている

手足がかじかんできた

帰ろうと促したが
娘はじっと木道にうつ伏せになって
懐中電灯に照らし出された自分の姿に
視線を落としていた

笑い泣き

僕は子どもを剣道に誘った
誰かが僕の娘だねと言った
嫌がるそぶりを見せたので
いったんは止めたが
また誘ったら
娘はやると言って
見通しもなく稽古が始まった

人を打つ技を磨き
人を突く技を錬る
今日も面を打たれ　喉を突かれる
時には腕を落とされ　胴を切られた
僕は毎日　死を通過した
面を打ち　胴を切る
僕は毎日　死を通過させた

昨日　しばらくぶりに娘と剣を交えた
娘が僕の面を打ち　喉を突いた
僕はいつでも　何度でも

殺されてきたが
突然　この時
この子が近くに来て
だけど
この子がすぐ遠くへ行ってしまう
と感じた
真っ直ぐでいい面だったよ
僕は笑って泣いた

娘が初めて稽古をした夜
家とは逆方向に車を走らせて
アイスクリームを食べてから

帰ったんだった

トカゲ

老いた母が膝の痛みを訴えた
軟骨がすり減ったので
人工関節を入れる手術を受けることにした

きゃしゃな台車に乗って
母は手術室に入った
手術室の前のロビーでは

時折
静かなベンチのきしむ音が聞こえた

お父さん
この間通った田んぼ道で
トカゲを轢いたよね
（私が知らないと思っているようだけど

そういえば「手術中」の赤いランプがないな

（ああ　気づいてたのか
トカゲが熱い道路の上を
タイヤめがけて走って来たんだよ
だから
少しは驚いたけど
俺が轢いたんじゃないように感じたんだ
言い訳みたいだけど

看護師が手術室に出入りしている
若かった頃の母の歩き方だ
まだ手術はしばらくかかるだろう

お前はどう思ったんだ

どうして車から小さなトカゲが見えたのかな
お父さんが小さなトカゲを轢いた時
それに気づいたような気がしたけど
驚いて顔を見たら
何の反応もなかったから少しこわかった

ベンチでは長い沈黙が続き
やがて手術室の扉がゆっくりと開いた

背中合わせ

おっぱいの先がとがりはじめても
次女は私と風呂に入っている
長女が私と風呂に入るのを嫌がりはじめた頃と
ちょうど同じとがり具合
最近は裸で歩き回ったりはしないが
風呂から出てバスタオルをまとって
居間で着替えるのは相変わらずだ

一緒に風呂の中で向き合って話したりはしない
先に湯船につかり
タオルをかぶってぼんやりとしていると
次女がそっと入ってきて
話しかけることもなく
身体を洗い始める
それに気づくと
石けんのついたタオルを受け取って
背中をこすって流してやる
そして後ろ向きで湯船につかってくると
押し出されるようにして出る

湯につかると話が始まる
今日学校でゴム鉄砲を作ったよ
男たちが隠れて撃ってくるから
決闘を申し込んでやった
背中合わせに立って
1　2　3で向かい合って撃つ
そうしたら太いゴムが
目と目の間に当たって
男が泣いたんだ

次女が私に背中を向けて立った

肩や腕が筋肉質になってきた
だから黙って体を拭いて送り出す
私が先に出る時も
背中しか見せなくなっているのに気づく

とてつもないヌンチャク

小屋から出てきた一対のヌンチャク
ヌンチャク
ヌンチャク

じいちゃん
あの人が振り回してる
ありゃあ何だ

ああ　ヌンチャクか
ヌン　チャク
ヌン　チャック
変わった名前だな
ヌンチャク
ヌンチャク
ヌンチャク
すげえや

角材切って
カンナをかけて
ひもを通して

ぶん回す
植木に
サドルに
ランドセル
片っ端から
ぶったたく

土埃が積もった
手作りヌンチャクには
三十五年前の衝動が残っていた

ヌンチャクを教えて
じいちゃん　みんなから責められた
でも　ヌンチャクつかむと
暴れたくなる
アッチャー
でも　とうとう
人を叩いて
ヌンチャクもろとも縛られた
放せこの野郎！
ヌンチャクで仕返しだ
覚えてろ
俺を捕まえて縛り付けた近所のおやじたちは
後でヌンチャクの餌食になった

義三さん　5年後に死んで
保さんは　8年後
浩一さん　3年後
巌さん
虎之助さん
みんな俺のせいで死んだ
俺のヌンチャクでやられて
じいさん許せ

シスコ　辰年辰の刻　小龍誕生
英国領香港　拳法修行　渡米
東洋人差別　銀幕の青龍

死因諸説紛紛　脳浮腫　鎮痛薬過剰反応　性交　てんかん発作

考えるな　感じろ　それだけだ
どうしたらいいいんだ
それだ
それがだめなんだ
もう考えてる
素っ裸で　飛んでくる弾丸を待ち受ける
そういうもんなんだ
同じだろう　それだって
じゃあ　素っ裸で　組み合う
いや　そうじゃない

素っ裸で　素っ裸で　突っ走る
なんで素っ裸なんだ
わからない
でも　ほんとにそうなんだ
飾りは要らない
形も要らないいんだよ
そぎ落とせ　贅肉を
いらない　体なんて
捨てろ　肉体を
おまえは　もう　誰でもない
動きだ
おまえなんていない
形もなく　姿もない

感じるか
戦え
出てこい　言葉
アーチョォー
ホワチャー

燕

四月になったと思うやいなや
今年も燕が飛来してきて
視野の隅を切り取るように飛び回っていた
電線の上で二羽が鳴き交わすと
電線の下にいる父は少しよろけて
おお危ない危ない
と独りごちていた

五月になるとわが家の燕は
五つの卵を産み五つともが孵った
親鳥たちは休むこともなく
空を切り裂くように飛び回っては
ひな鳥の所に戻ってきた
　昔は家の奥に巣掛けて
飯の時にははらはらしたもんだ
糞でも落とされんかと
父は燕を眺め眺めしていたが
　頭が重くて手がしびれてなあ
と手をじっと見て言うのだった
　病院に行こうか

そうだなあ

結局父の検査は徒労に終わった
病気については何一つ分からぬままだった
今も燕の子育てを眺めている
　もうそろそろ巣立とうが
　ああ　巣の中も窮屈そうだ
いつもなら一日野良仕事をして
夜も早くに寝てしまう父と
こうしてぽつりぽつり言葉を交わした

移動動物園のある風景

我が家の近くの工場跡地に
突然　巨大な赤テントが出現した
たくさんの幟が
静かに風にそよいでいて
いつもは眺める人もない
工場の跡地は
静かに華やいでいた
世界大動物園

と看板があった
移動動物園だった

テントの方から吹く風が
動物の匂いを届けてくる
ような気がした
ゾウの鳴き声や
虎の咆哮
鳥の羽毛
犬の鳴き声
までも

赤い服を着たあの子は
キリンを
黒いランドセルの少女は
ライオンとパンダを
そして　私は
密猟者と
人のよさそうな飼育員を
赤テントの中に思い描いていた
世界大動物園の看板
たくさんの車
幟が風に揺れていた

世界大動物園は
それから約一月そこにあったが
予告もなく
消えてなくなった

赤いテントが消えた後にも
ときどき
思い出したりもしたが
それも稀になってしまった
今　移動動物園の跡は
誰も振り返ることのない

工場の跡地に戻っていて
人のよさそうな飼育員だけが
いつまでもしょんぼりと立っている

ある九月の朝

セミの亡骸が転がっている
何者かがここを通り過ぎていった
コンクリートの森には乾いた風が吹いて
鹿の鳴き声を運んでくる

セミの亡骸が転がっている
積み重なったセミの体の軽さ

危うい羽ばたきとくねる放物線
乾いた鳴き声が聞こえた気がした

セミの亡骸が転がっている
澄んだ体液はたしか苦い味だった
ゆっくりと近づいてきた犬が
さかんに口を動かしている
セミの亡骸が転がっていた

渇いた街

癒着しかけた溜まり水の底に
蛙の卵が静かに沈んでいる
前庭がやがて平衡感覚を喪失し
僕はつかの間　手術台に舞い戻った

渇いた街の少年は
なんでも相当な悪ガキだったらしいが

突如白血病を発症した
それでもその母や姉が
バンクの三十万人の中から僕の骨髄を欲しがったから
僕は　そんな悪ガキ本当に助けるんですかと念を押し
少年は母親から受け継いだA型を捨てて
僕のO型の造血細胞へと乗り換えた

手術後　若い女の筆跡の手紙に
悪事に手を染めた弟だったけれど
今はO型に血液を入れ換えてがんばっていますとあった

モルヒネの夢の中
渇いた街を歩く少年を何度か目撃した
僕の声は幾たびも反響し
少年はA型とO型の間をいつまでも逡巡する

遠くから来た動悸をたぐり寄せて
僕は渇いた街を後にする
蛙の卵が水面から出かかっていた

叙法

初めて車のハンドルを握った夏
夜の6号を北へ北へと走った
地名表示だけが頼りだった
唇がやけに渇き　手の平がひどく汗ばんでいた

トラックに挟まれて道を逸れることもできない
トラックのテールランプと交差点の風景

勿来
四ツ倉
楢葉
富岡
夜ノ森
双葉
浪江
小高
南相馬
岩沼
名取

夜の福島を抜け明け方の仙台に着く
6号は突然消滅し4号になった
寝ぼけた車はトラックに弾かれ
ようやく道ばたに止まった
浅い眠りの中でもう一度4号を北上した
海を逸れ山へ
闇の中の道のりがひどく心に残っていて
地名を記憶の中にまき散らしていくと
だんだんと　してきたことが怪しくなった

三本木
大崎
古川
栗原

暗くなった頃
また車は走り出す
4号を逸れて暗闇ばかりを走った
そうしてひと月かき集めた地名を
ちりばめて地図を作った
物語ではない自分だけの地図を

生駒正朗（いこままさあき）

一九六八年、茨城県笠間市生れ。

「GATE」同人。

連絡先　三一九—〇二〇二　笠間市下郷四四六六—六

春と豚＊著者生駒正朗＊発行二〇二〇年一一月一〇日初版第一刷＊発行者鈴木一民発行所書肆山田東京都豊島区南池袋二—八—五—三〇一電話〇三—三九八八—七四六七＊装幀亜令＊印刷精密印刷ターゲット石塚印刷製本日進堂製本＊ＩＳＢＮ九七八—四—八六七二五—〇〇一—三